Charlotte

de David Foenkinos

GUÍA DE LECTURA

Escrita por Laurence Lissoir
Traducida por Juan Lopez

Charlotte

de David Foenkinos

DAVID FOENKINOS

NOVELISTA FRANCÉS

- **Nacido en 1974 en París**
- **Algunas de sus obras:**
  - *El potencial erótico de mi mujer* (2004), novela
  - *La Délicatesse* (2009), novela
  - *Los recuerdos* (2011), novela

Gran aficionado al arte, a los 16 años, tras haber pasado por una enfermedad pleural, se aficionó a las artes y a la música. Tras intentar sin éxito fundar un grupo de música, se dedicó a escribir después de licenciarse en literatura en la Sorbona. En sus novelas, David Foenkinos suele tratar el amor desde un punto de vista humorístico.

A sus 40 años, ya ha ganado varios premios: Recibió el Premio Roger Nimier en 2004 *por Le Potentiel érotique de ma femme* y el Premio Conversation por *La Délicatesse* en 2010. En 2014, ganó el Prix Renaudot y el Prix Goncourt des lycéens con su obra *Charlotte*.

CHARLOTTE

ENTRE EL AMOR FANTÁSTICO
Y EL DETERMINISMO FAMILIAR

- **Género:** biografía novelada

- **Edición de referencia:** *Charlotte*, París, Gallimard, 2014, 221 p.

- **1re edición:** 2014

- **Temas principales:** Charlotte Salomon, nazismo, intolerancia, exclusión, amor, patria, familia, arte, guerra.

Charlotte es una biografía ficticia de la vida de Charlotte Salomon, una joven artista judía alemana que murió gaseada en un campo de concentración nazi, durante la Segunda Guerra Mundial.

El libro recorre su trayectoria artística, a través de su obra, y la de su familia, tras las investigaciones de David Foenkinos. La novela está escrita en verso libre y cada frase está entrecortada, lo que da al texto la sensación de ser un largo poema con cierto ritmo.

Cuando se publicó, *Charlotte* fue un auténtico éxito de ventas, con más de 400.000 ejemplares vendidos.

El libro obtuvo el premio Goncourt des lycéens y el premio Renaudot. Elogiado por la prensa por su peculiar estilo literario y por la forma en que transporta al lector a lo largo de las frases y la vida de Charlotte Salomon, también es criticada por la ingenuidad de su prosa engañosamente simplista y por su lenguaje, que nunca explica realmente el motivo de su obsesión por la artista alemana.

RESUMEN

LA "VIDA ENTERA" DE UN ARTISTA

Charlotte Salomon fue una artista judía alemana que nació en Berlín en 1917 y murió en Auschwitz en 1943.

Profundamente influida por las atrocidades de su época, es conocida por su obra autobiográfica *Leben? oder Theater?*

Utilizando los tres colores primarios (rojo, azul y amarillo), pintó alrededor de 800 cuadros que representaban a su madre, su padre y su apasionado amor por Alfred Wolfsohn, así como el trágico episodio de la Kristallnacht y su exilio en Francia. La particularidad de su obra pictórica reside en que va acompañada de textos descriptivos, citas literarias y referencias musicales.

Charlotte confía su trabajo a Ottilie Moore, una rica estadounidense que la acogió a ella y a sus abuelos cuando huyeron al sur de Francia. En 1947, Ottilie transmitió la valiosa herencia a los padres de la artista, que habían sobrevivido a la guerra.

Durante casi 15 años se ocuparon de recopilar los detalles de "toda la vida" de su hija, asesinada en una cámara de gas en Auschwitz. No fue hasta 1961 cuando los cuadros de Charlotte se expusieron por primera vez en Ámsterdam.

Fue un éxito inmediato e internacional: la obra fascinó por su originalidad. *¿La vida? ¿O teatro?* se publicó en forma de libro y se tradujo a varios idiomas. Sin embargo, la fama del artista no duró y la obra fue cayendo poco a poco en el olvido. La colección original se encuentra ahora en el Museo Judío de Ámsterdam y rara vez se expone allí.

Fascinado por la obra de Charlotte Salomon, David Foenkinos relata la vida de la artista de forma ficticia en su libro titulado *Charlotte*.

UNA FAMILIA VINCULADA AL SUICIDIO

La historia de la familia de la artista parece tener un efecto determinista: todas las mujeres se ven abocadas al suicidio. La primera fue la tía de Charlotte, una joven que parecía tenerlo todo para ser feliz y que una noche decidió suicidarse ahogándose, dejando tras de sí un dolor insoportable en los corazones de su hermana Franziska y de sus padres.

Para superar su sufrimiento y dejar de pensar en su hermana muerta, Franziska, la madre de la futura pintora emprende una causa mayor y acude como enfermera a los campos de batalla durante la Primera Guerra Mundial.

Fue durante la operación de un soldado cuando conoció a su futuro marido judío, Albert. La posguerra y la llegada de su hija distraen a Franziska de sus pensamientos suicidas durante varios años. Sin embargo, no puede resistir la tentación y acaba arrojándose por la ventana para reunirse con su hermana.

Inconsciente de las circunstancias reales de la muerte de su madre, Charlotte pasa mucho tiempo en el cementerio esperando a que su madre llegue en forma de ángel y se vuelve cada vez más retraída. Comienza entonces a leer compulsivamente a los grandes autores alemanes, como Goethe, Hesse, Nietzsche y Döblin.

EL DESCUBRIMIENTO DE LA PASIÓN

Cuando llega Paula, una famosa cantante y nueva compañera de su padre, Charlotte descubre una pasión gracias al profesor de música de su madrastra, Alfred.

A partir de este momento, Charlotte desarrolla el gusto por el arte y comienza a pintar para ilustrar la musicalidad y la poesía.

A medida que aumentan los escasos encuentros con Alfred, ella recuerda una y otra vez sus discusiones y momentos íntimos. Locamente enamorada del profesor, estos acontecimientos obsesionarán su pintura en su obra *Vida? ¿O teatro?* Empieza a pintar de forma cinestésica, mezclando música, pintura y poesía.

Su talento es evidente y, gracias a sus contactos, consigue entrar en la Academia de Bellas Artes, a pesar de las numerosas restricciones impuestas a los judíos. No obstante, la Academia le pide discreción sobre su condición religiosa.

En la academia, el trabajo de Charlotte no era excesivo, pero su labor era apreciada y los profesores coincidían en su "genialidad". Allí también conoció a Barbara, una joven rubia alemana sin más talento que la seducción, que resultó ser todo lo contrario a Charlotte. Suelen volver juntas de la academia; Barbara habla y Charlotte escucha, con la secreta esperanza de parecerse un poco más a ella.

En la entrega de premios de fin de curso, el primer premio se determina de forma anónima para no favorecer a ningún alumno. El cuadro de Charlotte fue elegido por unanimidad.

Sin embargo, en vista de la exclusión que estaban viviendo los judíos y de la pobre acogida del arte moderno en aquella época, todo el profesorado se negó a conceder el premio a una judía por miedo a las consecuencias. Charlotte se enteró de la situación y sugirió que Barbara recibiera el premio en su lugar. Durante tres días, Charlotte llora y se lamenta por lo acontecido, mientras que su amiga Bárbara celebra el haber sido premiada.

El auge del fascismo se manifiesta también en los numerosos abusos que Charlotte presencia y a veces sufre: es excluida de todos los honores, su padre ya no puede ejercer su profesión y su madrastra es abucheada en sus conciertos.

Tras el episodio de la Kristallnacht (1938), su padre fue enviado a un campo de trabajo. Tras la liberación del campo, los padres de Charlotte la obligan a abandonar el país reunirse con sus abuelos que están refugiados en el sur de Francia, allí vive con una estadounidense de mucho dinero llamada Ottilie Moore.

EXILIO EN EL SUR DE FRANCIA

En el andén de la estación, pretendiendo marcharse sólo para visitar a su abuela enferma durante unos días, Charlotte tiene que dejar atrás toda su infancia y a su dulce amor Alfred. Alfred se despide de ella diciendo: "Nunca olvides que creo en ti" (p. 129).

Charlotte se siente abrumada por la belleza de la campiña francesa y encuentra un alivio a su llegada a Villefranche-sur-Mer. En la finca de Ottilie Moore, apodada "L'Ermitage", Charlotte observa las maravillas de la vida a través de los juegos y las risas de los niños. Pero la joven no quiere participar activamente en esta nueva vida, porque se siente culpable de haber huido de su ciudad natal y abandonado a su familia a su triste suerte.

Silenciosa y retraída, Charlotte empieza a interactuar con los niños de su entorno. Ottilie se da cuenta de su talento artístico y la anima a pintar comprándole sus bocetos y proporcionándole los materiales que necesita para practicar.

Con el tiempo, la relación entre los abuelos y su anfitriona se deteriora, hasta que un día deciden mudarse con Charlotte a una casa de Niza. Tras el suicidio de su abuela, a la que había velado casi día y noche, su abuelo estalla de rabia y le revela la verdadera causa de la muerte de su madre.

Charlotte comprende que todas las mujeres de su familia se sienten atraídas por el vacío y determina una lógica: 13 años separan la muerte de su madre de la de su tía y su abuela. Por ello, Charlotte decide que probablemente se suicidará en 1953.

En junio de 1940, ella y su abuelo fueron enviados a un campo de trabajo, del que afortunadamente fueron liberados unos meses más tarde debido a la salud del anciano. Confundida y perdida, se da cuenta, gracias al doctor Moribis, de que debe pintar para vivir y no hundirse en la locura.

Entonces decide encerrarse en una habitación de hotel durante casi dos años para dedicarse a su arte. Esta actividad salvavidas dio como resultado una autobiografía pictórica compuesta por 800 gouaches y textos pintados con anotaciones musicales que recordaban las melodías que tocaba su madre al piano, así como las piezas líricas de Paula y Alfred.

FIN

Una vez terminada la obra, Charlotte confía su trabajo al doctor Moribis y decide regresar al Hermitage, donde se aloja Alexander Nagler, antiguo amante de Ottilie, y nace una historia de amor entre estos dos solitarios.

Deja de visitar a su odioso abuelo cuando éste fallece, dejándola sin familia. Los dos amantes deciden casarse y Charlotte se queda embarazada. Tras la rendición italiana y la llegada del SS Alois Brunner (1912-2010), la gente se ve empujada a denunciar y se organizan redadas de judíos por toda Francia.

A pesar de su discreción, una denuncia telefónica fechada el 21 de septiembre de 1943 supuso la sentencia de muerte para la joven pintora, que pronto sería madre. El 27 de septiembre llegó con su marido, también judío, al campo de tránsito de Drancy tras un largo viaje hacinados en un vagón de tren. Charlotte mantiene la esperanza, pensando en su padre, que fue liberado del campo de Terezin, en ella y en su abuelo, que salieron vivos del campo de Gurs, y en el hombre de las SS que la había sacado del autobús camino de un campo de exterminio.

Cuando llega a su destino, Auschwitz, es enviada directamente, como muchas otras mujeres, a la cámara de gas. La inscripción a la entrada del campo, "*Arbeit macht frei*" (El trabajo te hace libre), es la última frase que lee.

ESTUDIO DE CARACTERES

CHARLOTTE SALOMON

Charlotte Salomon fue una artista judeo-alemana nacida el 16 de abril de 1917 y fallecida en octubre de 1943. Era una joven encantadora de ojos azules y pelo rubio, rasgos que la hacían pasar desapercibida, porque no eran los comúnmente asociados a los judíos. Apasionada de las artes, desarrolló su propio estilo y muchos la consideraron una "genio".

Ha sido callada, reservada y solitaria desde que murió su madre. Apegada a su padre y a su madrastra por un fuerte sentimiento filial, finalmente toma la decisión de ingresar en la zona franca para evitar a su padre más preocupaciones.

Desde que conoce a Alfred, el profesor de canto de su madrastra, Charlotte se obsesiona con él y se enamora perdidamente. Su separación es difícil para la joven, que se ve perseguida por su imagen durante muchos años. Finalmente inmortalizó a Alfred y su amor por él en su obra *Vida? ¿O Teatro?*

Presentada en la novela como una mujer discreta y observadora, Charlotte mantiene la calma y la compostura en las situaciones más horribles, especialmente cuando es deportada al campo de Drancy. En Francia, dedica todo su tiempo al desarrollo de su obra, hasta el momento de su embarazo.

Ella es el vínculo entre todos los personajes y deja una huella indeleble en su memoria.

FRANZISKA GRUNWALD

Es madre de Charlotte Salomon. Ha estado retraída y taciturna desde la muerte de su hermana menor Charlotte, pero su encuentro con el médico Albert Salomon y el nacimiento de su hija la sacan por un tiempo de su enfermiza tristeza.

Con el paso del tiempo y la frecuente ausencia de su marido, volvió a caer en la confusión y la depresión se apoderó poco a poco de ella. Maniacodepresiva, pasa de un estado letárgico a otro de excitación en un santiamén.

Finalmente, se suicida arrojándose por la ventana de la casa de sus padres.

ALBERT SALOMON

Huérfano, Albert es un hombre brillante totalmente dedicado a su trabajo. Durante la Primera Guerra Mundial, fue enviado al campo de batalla como cirujano y conoció a su esposa Franziska. Siguió una exitosa carrera como médico y ocupó un puesto de profesor en una universidad de Berlín hasta 1933. Ese año marcó el inicio de su declive profesional, pues a los judíos ya no se les permitía ejercer libremente su profesión.

Tras los altercados de la Kristallnacht, fue encarcelado en el campo de Sachsenhausen. Tras cuatro meses, agotado por el trabajo físico, fue liberado gracias a la influencia de su esposa. Ahora, demacrado y paranoico, sólo tiene una obsesión: que su hija vaya a vivir segura a la zona libre.

Tras enviar a Charlotte a Francia, huyó de Alemania con su esposa Paula a los Países Bajos, donde finalmente fueron detenidos en 1943. Sin embargo, consiguieron escapar del campo de Westerbork y permanecieron escondidos hasta el final de la guerra.

PAULA LINDBERG

Cantante de renombre, se la describe como discreta, pero con un talento impresionante. Esla madrastra de Charlotte y tiene un vínculo muy fuerte con ella. Con la llegada del nazismo al poder pierde su influencia y categoría social por el hecho de ser judía, esta situación le atormenta enormemente.

ALFRED WOLFSOHN

Profesor de canto nacido en 1896 y fallecido en 1962, fue el inventor de una técnica de entrenamiento de la voz.

Seguro de sí mismo, consecuente e intrépido, está obsesionado con el mito de Orfeo, en el que el héroe atraviesa el Inframundo para encontrar a su amada, desde que regresó del frente tras la Gran Guerra: "Piensa incesantemente en la travesía de las tinieblas. Durante el periodo nazi, ya no se le permite ejercer con clientes no judíos, por lo que toma como alumna a Paula Lindberg, madrastra de Charlotte, de la cual se enamora.

Interesado por las cualidades artísticas de Charlotte, acaba viviendo un romance con ella, sin especial apego.

 No fue hasta después de la guerra, cuando recibió el libro de Charlotte *Vie? ¿O teatro?* publicado a raíz de una exposición de la obra de la joven artista, que se dio cuenta de la influencia que ejercía sobre ella.

LOS ABUELOS

Son unos personajes devastados por la muerte de sus dos hijas, quieren profundamente a su nieta y le transmiten su amor por el arte. Gracias a sus numerosos viajes a museos, Charlotte descubrió la pintura.

Obligados a vivir en el extranjero al comienzo de las primeras restricciones contra los judíos en Alemania, insistieron entonces en que su nieta se fuera con ellos a Francia, cosa que no hizo hasta unos años más tarde.

La abuela parece tan deprimida como sus hijas: parece luchar por no dejarse morir. Un día, la demencia se apodera de ella y se convence de que los nazis van a matar a todos los judíos por lo que se suicida saltando por la ventana.

Su marido es descrito como una persona taciturna que vive recluida. Tras la muerte de su esposa, marcada por los trágicos acontecimientos de su vida, somete a Charlotte a un auténtico calvario, tanto psicológico como físico: "La hace desnudarse y venirse contra él". (p. 169) Muere de viejo, lo que supone un alivio para su nieta.

OTTILIE MOORE

Una estadounidense rica que ha venido a vivir al sur de Francia, acoge a muchos huérfanos y les ofrece un entorno de vida agradable.

Generosamente, acogió a Charlotte y a sus abuelos durante un tiempo. Apoyó mucho a la joven artista, dándole consejos y proporcionándole materiales de pintura. En cuanto la Zona Libre fue tomada por los alemanes, regresó a Estados Unidos.

A su regreso a Villefranche-sur-Mer tras la guerra, hereda la obra de Charlotte por mediación del médico Moridis, y finalmente la entrega a los padres de Charlotte.

DR. MORIDIS

Como médico habitual del Hermitage, fue durante sus numerosas visitas cuando conoció a Charlotte y descubrió su genio y su talento artístico. Desempeñó un papel importante en la transmisión de la obra de Charlotte Salomon.

También fue testigo del matrimonio de Charlotte y Alexander.

ALEXANDER NAGLER

Es unjudío austriaco de 40 años, ex amante de Otilie Moore, durante la invasión nazi se esconde en la propiedad abandonada de su antigua amante.

Callado, protector y torpe por naturaleza, es alto, tiene una cicatriz en la frente y cojea de un accidente infantil. Charlotte se conmueve por la delicadeza del hombre y acaba queriendo protegerle.

Por las circunstancias, Alexander y Charlotte se acercan cada vez más y finalmente deciden casarse. Se alegra mucho cuando se entera del embarazo de Charlotte.

Cuando la artista es denunciada, decide marcharse con ella porque no quiere dejarla sola. Separado de su esposa en Auschwitz, muere de agotamiento en enero de 1944.

BARBARA

Es la única amiga que Charlotte hace en la Academia de Bellas Artes, tiene una personalidad totalmente distinta a la de Charlotte. Es ruidosa, excéntrica y siempre está rodeada de chicos jóvenes.

Alemana pura de nacimiento, es el prototipo exacto de una persona aria. Ella es la que se beneficiará del premio de Charlotte en la final del jurado.

CLAVES DE LECTURA

Aunque basada en hechos históricamente probados, la novela *Charlotte* aborda la juventud, adolescencia e inicios artísticos de esta pintora a través del prisma de la fantasía. El libro mezcla dos géneros literarios, la biografía novelada y la novela en verso libre, lo que le ha valido numerosas críticas.

ENTRE LA BIOGRAFÍA NOVELADA Y LA NOVELA EN VERSO LIBRE

El género de la biografía novelada

Género literario en boga durante 2014 también conocida como ficción biográfica, presenta las siguientes características.

- La historia gira en torno a un personaje principal existente, conocido y fallecido: en este caso, la novela se centra en la vida de Charlotte Salomon, pintora judía que formó parte del movimiento expresionista.

- La narración se basa en elementos probados, como correspondencia, investigaciones, documentos de referencia y acontecimientos históricos: David Foenkinos se inspiró en la obra autobiográfica del artista, *Vie? Ou Théâtre?* en la que la propia Charlotte cuenta las historias de su familia, su infancia y juventud marcadas por la pasión, el nazismo y el exilio. David Foenkinos también hizo una especie de peregrinaje por todos los lugares donde vivió Charlotte y recogió testimonios de los hijos de los contemporáneos de la artista.

- La imaginación del autor rellena las lagunas dejadas por la historia o la investigación para idealizar la vida del personaje: así ocurre a lo largo de toda la novela, y especialmente al final, cuando describe el último año de la vida de Charlotte y su deportación, de la que quedan pocos datos.

- Muy a menudo, el escritor se pone a sí mismo en escena: habla varias veces, explicando su obsesión por Charlotte y su obra: "Lo supe en el momento en que descubrí *la Vida…*". ¿*O teatro*? Todo lo que me gustaba. Todo lo que me había estado preocupando durante años". (p. 70)

El arte del verso libre

La escritura en verso libre no tiene una estructura particular: las frases no se miden, no se organizan en estrofas y no riman necesariamente. Sin embargo, hereda algunas características del verso clásico, como el uso de frases cortas en una sola línea, la vuelta a la línea después de cada frase, una disposición con muchos espacios en blanco, un cierto ritmo, la presencia de figuras retóricas, etc.

En su novela, el autor nos cuenta por qué utilizó el verso libre: admite que no podía escribir frases largas sobre Charlotte Salomon porque estaba muy obsesionado con ella y no sabía cómo escribir su historia. Oprimido y asfixiado por este personaje, optó por este tipo de escritura:

> "Era una sensación física, una opresión.
>
> Sentí la necesidad de ir a la línea para respirar.
>
> Entonces me di cuenta de que había que escribirlo así. (p. 70)

Para que la forma global del libro se ajuste a su sintaxis, el autor ha organizado el texto a la manera de un poema: partes numeradas que dan paso a un poema visual en verso libre; saltos de línea y espaciado.

LA RELACIÓN ENTRE IMÁGENES Y PALABRAS

La obra autobiográfica *Leben? oder Theater?* de Charlotte Salomon es de lo más compleja. Deja huella en el lector por la fascinación que crea en todos, tanto por su talento artístico como por el estremecedor destino que describe. Como un diario, *¿la vida? ¿O Teatro?* mezcla varias disciplinas: pintura, escritura y música.

En 1940, Charlotte Salomon, una joven artista judía, está refugiada en Niza, en el sur de Francia. Tres grandes acontecimientos acaban de marcar su vida y está al borde de la desesperación: su abuela se ha suicidado, ha conocido la verdadera causa de la muerte de su madre (suicidio) y acaba de escapar de un campo de trabajo con su abuelo.

Su médico le sugiere que, por su propio bien, deje de lado sus emociones y su locura interior. Entonces toma conciencia de la necesidad de poner su vida por escrito.

Convencida de que estaba predestinada al suicidio, como todas las mujeres de su familia antes que ella, Charlotte parece querer dejar un rastro antes de desaparecer. Explorando sus recuerdos, quiere retratar la vida de su familia, la suya propia, los horrores perpetrados contra los judíos, sus obsesiones con el arte y con Alfred.

Tras dos años de aislamiento, pintó unas 760 aguadas de 30 x 39 cm, utilizando los tres colores primarios: azul, amarillo y rojo. Agrupados en forma de libro, los cuadros están regularmente separados entre sí por hojas transparentes, como si Charlotte hubiera intentado recrear una edición de libros finos como los que adornaban la biblioteca de su padre.

 Estas pinturas, de estilo expresionista, parecen asemejarse a los cómics, que mezclan texto e imágenes, y a las técnicas cinematográficas (ángulos de visión, perspectiva, etc.). Así, los gouaches narrativos se leen en una determinada dirección, que varía regularmente (horizontal, vertical, diagonal, etc.), con distintos puntos de vista (ángulo bajo, primer plano, etc.) y se intercalan con numerosos textos.

Incluyen descripciones explicativas y diálogos -que deben leerse en voz alta según las instrucciones del artista-, citas de filósofos y obras literarias, y letras de canciones populares alemanas. La música viaja entre los dibujos y los textos, como una melodía que de repente te viene a la cabeza. 7

La autora no facilita referencias a sinfonías, óperas y otras expresiones musicales, pero se pueden encontrar obras de Bach (compositor barroco, 1685-1750), Schubert (compositor romántico, 1797-1828) y Gluck (compositor clásico, 1714-1787). Charlotte, que nunca escribe en primera persona, aparece en los comentarios de los personajes o en la voz narrativa que da ritmo a este libro-pintura.

¿En *la vida*? ¿*O teatro*? Charlotte consigue recrear "la vida" a través de los temas y las técnicas artísticas que elige abordar. Como su obra apela a los sentidos de la vista (pintura), el oído (música y diálogo) y el tacto (pasar las páginas del libro); el ejercicio de hacerla pública y accesible en su totalidad presenta muchas dificultades.

En efecto, es imposible permitir que cada espectador-lector pase las frágiles páginas de la colección, ya que correría el riesgo de dañarlas; del mismo modo, mezclar todas las referencias sonoras (música y diálogos) en una sala de exposición también crearía una especie de cacofonía. Estas complicaciones demuestran la originalidad de esta obra insólita.

 ## CONVIENE SABER: EXPRESIONISMO

El término expresionismo apareció por primera vez en 1911 y se asocia principalmente con el periodo de entreguerras. Las obras de este movimiento artístico transmiten una malsana atmósfera revuelta.

El expresionismo se caracteriza por el uso de colores vivos y violentos que presentan la realidad de forma distorsionada o exagerada y no dejan indiferente a nadie. Durante el periodo nazi (1933-1945), este movimiento se consideró una forma de "arte degenerado": se prohibió su práctica e incluso se destruyeron varias obras.

El expresionismo no se limita a la pintura: también se refleja en otras disciplinas artísticas como la literatura, el teatro, el cine y la música. *El grito* de Edvard Munch (1863-1944), *La guerra* de Otto Dix (1891-1969) o *Escena callejera en Berlín* de Ernst Ludwig Kirchner (1880-1938) son obras pictóricas expresionistas.

LA OBSESIÓN DE UN ESCRITOR

En varias ocasiones, David Foenkinos habla entre líneas para expresar su obsesión por la artista Charlotte Salomon. Antes de obsesionarse con ella, el autor quedó fascinado por Aby Warburg (1866-1929), historiadora del arte que poseía una rica biblioteca.

Ya entonces se sentía atraído por la nación alemana, cuya lengua desconocía, lo que no le impidió dotar de ella a sus personajes en varias de sus novelas. También le fascinaban todas las formas de arte germánico, desde la música a la literatura, la pintura y el diseño.

Su descubrimiento de la obra de Charlotte Salomon se produjo por casualidad, durante sus andanzas, por invitación de un amigo que trabajaba en un museo de

Berlín. Le llevó a la sala donde se exponía temporalmente la obra de la artista judía. Fue amor a primera vista para David Foenkinos, y el comienzo de una auténtica obsesión:

> "Y fue inmediato.
>
> La sensación de haber encontrado por fin lo que buscaba.
>
> [...] La connivencia inmediata con alguien. (p. 69-70)

El escritor comenzó entonces a investigar la vida de Charlotte. Durante años, repasó su obra e incluso se refirió a ella en sus propias novelas. Soñaba con escribir una biografía de la artista para rendir homenaje a la obra *Vida? ¿O teatro?*.

Decidió hacer una especie de peregrinaje, visitando todos los lugares donde Charlotte había vivido: su escuela, su piso, el Hermitage, el hotel, etc.

> "Muchas veces, mis pasos en sus pasos.
>
> Ida y vuelta tras los pasos de Charlotte de niña. (p. 33)

Sin embargo, no sabía cómo escribir esta obra: "¿Qué forma debe adoptar mi obsesión?" (p. 71) Se ahoga de miedo ante la idea de faltar a su deber de recordar. Incapaz de encadenar dos frases seguidas, decide escribir en verso libre.

Esta obra poética no ha dejado indiferente a nadie. Aclamada por unos y criticada por otros, *Charlotte* revela un virtuosismo digno de las más grandes obras literarias y deja huella en el subconsciente del lector.

VÍAS DE REFLEXIÓN

ALGUNAS PREGUNTAS PARA SEGUIR REFLEXIONANDO...

- ¿Cómo podemos analizar la perspectiva histórica de esta novela?

- ¿Cómo definiría el estilo de escritura del autor?

- ¿Qué imagen cree que se asocia a la figura masculina en esta obra?

- ¿Crees que se trata de una cuestión de determinismo en la familia de Charlotte, o crees que los suicidios están relacionados con acontecimientos externos?

- ¿Qué papel desempeña el arte en esta novela? ¿Por qué le parece liberador a Charlotte? Explícate.

- Comente esta frase *Arbeit macht frei basándose* en el contexto histórico.

- Resuma los principales elementos de la Segunda Guerra Mundial con ayuda de los elementos históricos citados en la obra.

- Analizar el personaje de Ottilie Moore. ¿La considera una heroína de guerra?

- Analiza el discurso de Alexander cuando se declara judío para poder casarse con Charlotte. Escribe un diálogo argumentativo para intentar razonar con él sobre esta elección.

- Comente el epígrafe de la novela: "Aquel que, viviendo, no se reconcilia con la vida, necesita una mano para ahuyentar la desesperación que le causa su destino". Despúes de leer la novela, ¿cómo entiende esta cita del *Diario* de Kafka?

PARA IR MÁS LEJOS

EDICIÓN DE REFERENCIA

Foenkinos D. *Charlotte*, París, Gallimard, 2014.

Obra pictórica

Salomon C., *Vida? Ou Théâtre?* París, Le Tripode Éditions, 2015.

¡Su opinión nos interesa!
¡Deje un comentario en la pagina web de su librería en línea,
y comparta sus favoritos en las redes sociales!

Muchas más guías para descubrir tu pasión por la literatura

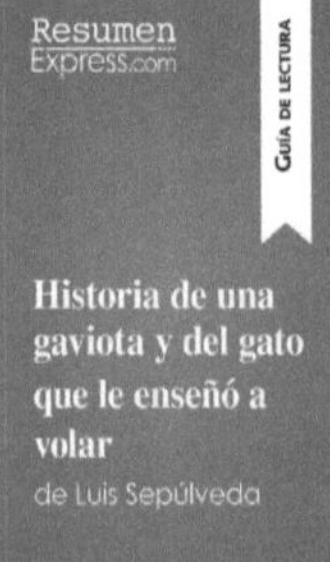

www.ResumenExpress.com

ISBN ebook: 9782808687140
ISBN papel: 9782808698542
Depósito legal: D/2023/12603/1134

Cubierta: © Primento
Libro realizado por Primento, el socio digital de los editores